VENTE

Par suite du Décès de M. F*** L***

HOTEL DROUOT, SALLE N° 6

LE LUNDI 28 JANVIER 1884, A 3 HEURES

TRÈS BONS

TABLEAUX ANCIENS

DES ÉCOLES

HOLLANDAISE ET FRANÇAISE

EXPOSITIONS :

PARTICULIÈRE : le Dimanche 27 Janvier 1884, de 1 h. à 5 h.

PUBLIQUE : le Lundi, jour de la Vente, de 1 h. à 3 h.

COMMISSAIRE-PRISEUR	EXPERT
M° BOSSY	**M. B. LASQUIN**
15, rue de la Grange-Batelière.	12, rue Laffitte.

CATALOGUE

DE TRÈS BONS

TABLEAUX ANCIENS

DES ÉCOLES HOLLANDAISE ET FRANÇAISE

ŒUVRES IMPORTANTES

Par J. et A. Both, Albert Cuyp, A. Gryf, Philippe Wouwerman
et Jean Wynants

BELLES TOILES DÉCORATIVES

Par J. B. Oudry, C. Huet, Blain de Fontenay

DONT LA VENTE AURA LIEU

Par suite du décès de M. F*** L***

HOTEL DROUOT, SALLE N° 6

Le Lundi 28 Janvier 1884, à 3 heures.

Par le Ministère de **M° BOSSY**, commissaire - priseur,
13, rue Grange-Batelière, 13

Assisté de **M. B. LASQUIN**, expert, 12, rue Laffitte,

Chez lesquels se trouve le présent Catalogue.

Exposition : Le Dimanche 27 Janvier 1884, de 1 h. à 5 h.

Exposition publique : Le Lundi, jour de la vente,
DE UNE HEURE A TROIS HEURES

N. B. *Le présent Catalogue servira de carte d'entrée à l'exposition
particulière.*

CONDITIONS DE LA VENTE

Elle sera faite au comptant.

Les adjudicataires payeront *cinq pour cent* en sus des enchères.

Paris. — Imp. J. Kouam, 41, rue de la Victoire.

DÉSIGNATION

—

TABLEAUX

—

BLAIN DE FONTENAY

1-2 — *Fleurs et fruits.*

Deux pendants.

1. Bouquet de roses, camélias, tulipes, pavots, etc., avec papillon, mouche et escargot.

2. Bouquet de cerises, pêches, grappes de raisin, framboises et grenade; à gauche, une perruche est perchée sur une branche.

Toile. Haut., 73 cent.; larg., 82 cent.

BLAIN DE FONTENAY

3-4 — *Fleurs et fruits.*

Deux pendants.

3. Bouquet de dahlias, marguerites, roses, clochettes, roses sauvages, etc., avec papillon.

4. Bouquet de pêches, de prunes, de raisins et de groseilles, au milieu duquel un rouge-gorge.

Toile. Haut., 76 cent.; larg., 69 cent.

Ces quatre peintures d'une grande franchise d'exécution sont comparables à des œuvres de Baptiste Monnoyer, dont Blain de Fontenay était le gendre et l'élève.

BOTH

(JEAN et ANDRÉ)

5 — *Paysage d'Italie.*

A droite, des rochers abrupts sont contournés par une route côtoyant une rivière qui s'étend au loin.

Quelques grands arbres s'élèvent au milieu de roches qui bordent la rive.

Trois muletiers sont arrêtés au premier plan ; plus loin, deux hommes conduisent trois bœufs ; au bord de l'eau, deux paysans, l'un debout vu de dos et l'autre assis.

Fond de montagnes et de collines.

Beau tableau d'une coloration chaude et vaporeuse, signé à gauche sur une roche : *Both fecit.*

Toile. Haut., 67 cent.; larg., 79 cent.

CUYP

(ALBERT)

6 — *Animaux au pâturage.*

Sur un plateau, d'où l'on voit se dérouler
une grande plaine baignée par une rivière
et vivement éclairée, deux chevaux, l'un
gris pommelé, l'autre bai, sont debout
tournés l'un contre l'autre, à l'ombre d'un
massif de grands arbres.

Au second plan, trois vaches, dont deux
couchées regardent la plaine.

Au loin, de l'autre coté de la rivière, on
aperçoit, à travers une atmosphère dorée,
plusieurs clochers et des moulins.

Tableau important du maître et d'une
exécution très soignée. Signé à gauche sur
le terrain : *A. Cuyp.*

Bois. Haut., 51 cent.; larg., 67 cent.

GRYF

(ADRIEN)

7 — *Retour de chasse.*

Près du piédestal d'un vase sculpté, sont appendus à des branches un lièvre, une poule faisane et un cor de chasse. Un fusil, des oiseaux morts et un canard sauvage sont posés sur un banc de pierre et à terre.

Le tout est sous la garde de deux épagneuls, l'un assis, l'autre couché, qui en défendent l'approche à un lévrier.

A droite, la signature *A. Gryf f.*

Bois. Haut., 38 cent.; larg., 49 cent.

GRYF

(ADRIEN)

8 — Pendant du précédent.

A l'entrée d'un parc, un épagneul jappe contre un lévrier qui s'est approché d'un trophée de gibier posé au pied d'un vase sculpté, près d'un faisceau de piquets et d'une gibecière.

Un lièvre est pendu par les pattes à une branche et un héron est étendu à terre.

A gauche, on aperçoit un fond de paysage borné par des collines.

Signé à gauche : *A. Gryf. f.*

Bois. Haut., 37 cent.; larg., 49 cent.

HUET

(CHRISTOPHE)

9 — *Héron surpris par un griffon.*

L'oiseau est au milieu des roseaux dans un cours d'eau et paraît vouloir se défendre contre le chien qui va s'élancer sur lui.

Belle toile décorative, digne du pinceau d'Oudry. Signée *C. Huet*, et datée 1728.

Christophe Huet, mort en 1759, était professeur à l'Académie de Saint-Luc, à Paris, en 1750; il excellait dans la décoration. Entre autres grands travaux dont il fut chargé, on cite l'hôtel de Rohan, qu'il décora entièrement.

Haut., 1 m. 27 cent.; larg., 1 m. 56 cent.

HUET

(CHRISTOPHE)

10 — Pendant du précédent.

Trois chiens près d'un chevreuil suspendu
à un arbre.
Belle toile décorative également signée
et datée.

Haut., 1 m. 27 cent.; larg., 1 m. 56 cent.

HUET

(CHRISTOPHE)

11. — *Deux chiens braques en arrêt.*

Beau panneau décoratif traité dans la
manière d'Oudry.

Toile. Haut., 1 m. 32 cent ; larg., 1 m. 36 cent

LEEMANS

(J. 1666)

12-13 — *Attributs de chasse.*

Deux pendants.
Curieuses compositions signées et datées.

Toile. Haut., 79 cent.; larg., 64 cent.

OUDRY

(JEAN-BAPTISTE)

14 — *L'Hallali.*

En présence du roi qui se trouve au premier plan, monté sur un cheval blanc, et accompagné d'une nombreuse suite de gentilshommes et de piqueurs jouant du cor, le cerf, qui a été forcé par la meute, se trouve acculé dans les roches de Franchard, au lieu connu sous le nom de la *Roche qui pleure*, près de l'ermitage que l'on aperçoit à droite (forêt de Fontainebleau).

L'artiste s'est représenté dans le bas, à

droite, assis sur une roche et dessinant cet épisode de chasse.

Très jolie composition, traitée en esquisse et d'une conservation parfaite.

Au milieu, à terre, la signature *J. B. Oudry* et la date 1737.

Toile. Haut., 46 cent.; larg., 96 cent.

OUDRY

(JEAN-BAPTISTE)

15 — *La Curée.*

Pendant du précédent.

Les chasseurs se sont arrêtés sur la lisière de la forêt, près du village d'Avon que l'on aperçoit au fond, et assistent à la curée du cerf dont les chiens de meute se disputent la dépouille.

Ces deux tableaux font partie de la série si connue des grandes chasses royales dont Oudry a exécuté toute une suite.

Toile. Haut., 46 cent.; larg., 96 cent.

OUDRY

(JEAN-BAPTISTE)

16 — *Coq pris par un renard.*

Petit panneau décoratif brossé avec beaucoup de verve.

Toile. Haut., 1 m. 3 cent.; larg., 64 cent.

OUDRY

(Attribué à)

17 — *Chien en arrêt devant un faisan.*

Dessus de porte.

Toile. Haut., 79 cent.; larg., 1 m. 3 cent.

OUDRY

(Attribué à)

18 — *Chien en arrêt devant deux perdrix.*

Dessus de porte.

Toile. Haut., 71 cent.; larg., 1 m. 22 cent.

WOUWERMAN

(PHILIPPE)

19 — *Les Bûcherons.*

Plusieurs d'entre eux sont occupés à abattre un gros arbre au bord d'une rivière prise de glace, tandis que d'autres, près d'un enclos où se trouve un pigeonnier élevé sur quatre arbres, à gauche, fendent des bûches et chargent une charrette.

Devant celle-ci, deux chevaux dételés, l'un blanc vu de face, et l'autre à robe baie vu en croupe.

A droite, deux enfants jouent sur la glace ; près d'eux, barques amarrées.

Plus loin, au deuxième plan, un traîneau attelé d'un cheval, en face d'une ferme qui se trouve sur l'autre rive.

Dans le fond, un autre traîneau s'enfonce dans la glace. De nombreux patineurs couvrent la rivière qui se déroule au loin bordée de coteaux.

Ciel brumeux.

Tableau d'une tonalité claire, capital par le nombre de figures qui l'animent.

Le monogramme de l'artiste : P H S. W. se trouve à droite sur la glace.

Nous retrouvons dans le recueil des œuvres de Ph. Wouwerman, gravé par Moyreau, à la planche 36ᵉ reproduisant un tableau du cabinet de Gersaint, une composition analogue à celle-ci, avec quelques figures en moins.

Bois. Haut., 47 cent.; larg., 63 cent.

WYNANTS

(JEAN)

20 — *Le Passage du gué.*

Un monticule sablonneux couvert d'arbrisseaux et près duquel se trouve un grand arbre dépouillé de feuilles, occupe la gauche du tableau.

Au bas, un petit cours d'eau est traversé par une route sinueuse conduisant à un village dont on aperçoit au fond le clocher au-dessus des arbres.

Un villageois passe le gué, portant une femme sur ses épaules, accompagné d'une jeune fille et précédé d'un chien.

Sur la route, un voyageur monté sur une mule ; plus loin, deux autres villageois.

Un chasseur et son chien sont à mi-côte du monticule, à l'affût devant un buisson, un autre est sur la crête.

Fond de collines élevées couronnées de nuages d'une grande légèreté.

Joli tableau de l'artiste, signé au pied de l'arbre : *J. Wynants.*

Les figures sont par Lingelbach.

Toile. Haut., 37 cent.; larg., 44 cent.